Cyhoeddwyd gan Rily Publications Ltd,
Blwch Post 257, Caerffili CF83 9FL
Hawlfraint yr addasiad © 2018 Rily Publications Ltd
Addasiad Cymraeg gan Eleri Huws
Addasiad Saesneg gan Oakley Graham
Cyhoeddwyd yn wreiddiol yn Saesneg yn 2015
dan y teitl *Chicken Little* gan Top That! Publishing Ltd.
© 2018 Tide Hill Media, wedi ei drwyddedu'n gyfyngedig i Top That Publishing Ltd

ISBN 978-1-84967-043-2

rily.co.uk

Cyw Bach

Addasiad gan Eleri Huws / Oakley Graham

Un diwrnod, roedd Cyw Bach
yn cerdded yn y goedwig. Yn sydyn,

'Plop!' cwympodd mesen o'r goeden ar ei ben.

'Help!' llefodd Cyw Bach.
'Mae'r awyr yn cwympo i lawr!

Rhaid i mi fynd i ddweud wrth y brenin.'

Rhedodd Cyw Bach nerth ei draed
i chwilio am y brenin. Ar y ffordd,
fe gwrddodd â Iona Iâr ...

'I ble rwyt ti'n mynd, Iona Iâr?' meddai Cyw Bach.
'Dwi'n mynd i'r goedwig,' atebodd Iona Iâr.

'NA, Iona Iâr, paid â mynd i fan'na!'
meddai Cyw Bach. 'Mae'r awyr yn cwympo i lawr!

Dwi'n mynd i ddweud wrth y brenin.'

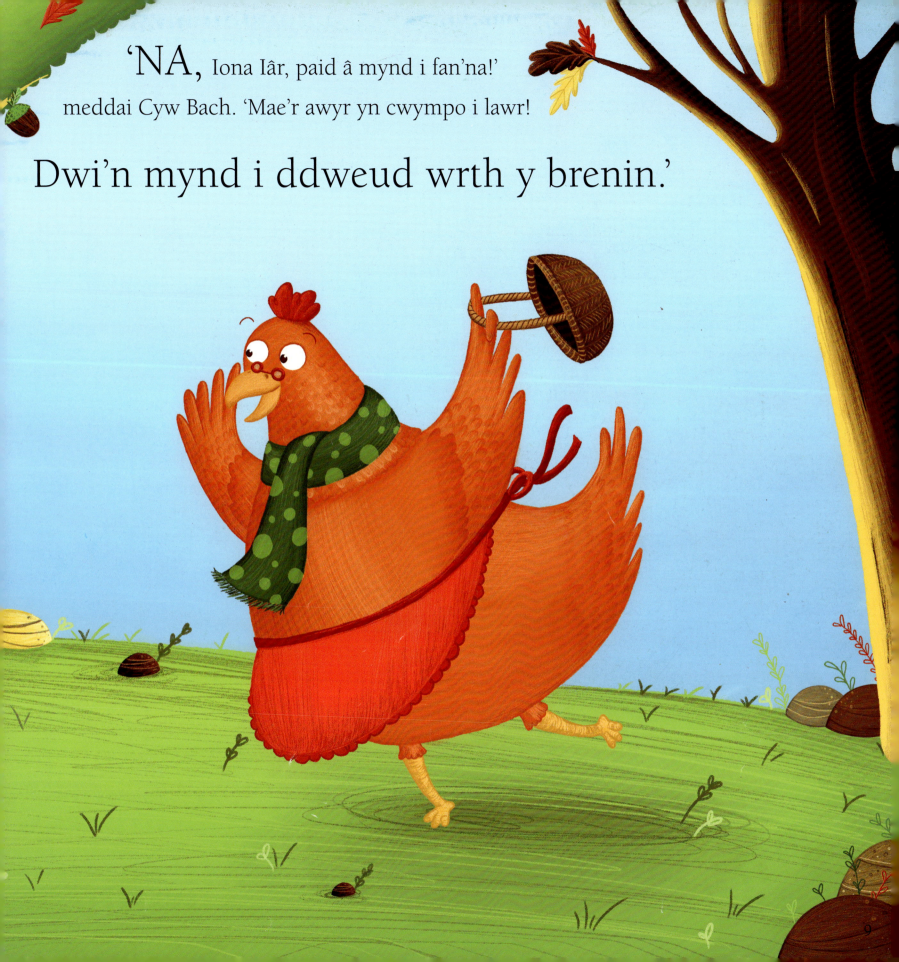

9

'Fe ddo' i gyda ti,' meddai Iona Iâr. Ac i ffwrdd â nhw
i ddweud wrth y brenin bod yr awyr yn cwympo i lawr.

Ar y ffordd fe gwrddon nhw
â Cenwyn Ceiliog …

'I ble rwyt ti'n mynd, Cenwyn Ceiliog?' meddai Iona Iâr.
'Dwi'n mynd i'r goedwig,' atebodd Cenwyn Ceiliog.

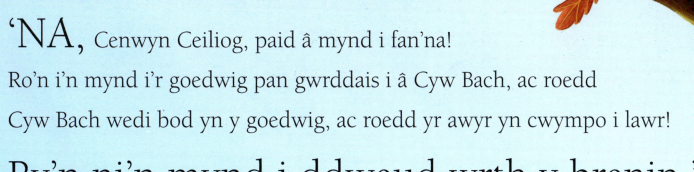

'NA, Cenwyn Ceiliog, paid â mynd i fan'na!

Ro'n i'n mynd i'r goedwig pan gwrddais i â Cyw Bach, ac roedd

Cyw Bach wedi bod yn y goedwig, ac roedd yr awyr yn cwympo i lawr!

Ry'n ni'n mynd i ddweud wrth y brenin.'

Felly ymunodd Cenwyn Ceiliog â Iona Iâr a Cyw Bach, ac i ffwrdd
â nhw i ddweud wrth y brenin bod yr awyr yn cwympo i lawr.

Ar y ffordd fe gwrddon nhw â Hati Hwyaden . . .

'I ble rwyt ti'n mynd, Hati Hwyaden?' meddai Cenwyn Ceiliog.
'Dwi'n mynd i'r goedwig,' atebodd Hati Hwyaden.

'NA, Hati Hwyaden, paid â mynd i fan'na! Ro'n i ar fy ffordd i'r goedwig pan gwrddais i â Iona Iâr, ac roedd Iona Iâr wedi cwrdd â Cyw Bach, ac roedd Cyw Bach wedi bod yn y goedwig, ac roedd yr awyr yn cwympo i lawr!

Ry'n ni'n mynd i ddweud wrth y brenin.'

Felly ymunodd Hati Hwyaden â Cenwyn Ceiliog a Iona Iâr a Cyw Bach,
ac i ffwrdd â nhw i ddweud wrth y brenin bod yr awyr yn cwympo i lawr.

Ar y ffordd, fe gwrddon nhw â Byrti Barlad ...

'I ble rwyt ti'n mynd, Byrti Barlad?' meddai Hati Hwyaden.
'Dwi'n mynd i'r goedwig,' atebodd Byrti Barlad.

'NA, Byrti Barlad, paid â mynd i fanna! Ro'n i'n mynd i'r goedwig pan gwrddais i â Cenwyn Ceiliog, ac roedd Cenwyn Ceiliog wedi cwrdd â Iona Iâr, ac roedd Iona Iâr wedi cwrdd â Cyw Bach, ac roedd Cyw Bach wedi bod yn y goedwig, ac roedd yr awyr yn cwympo i lawr!

Ry'n ni'n mynd i ddweud wrth y brenin.'

Felly ymunodd Byrti Barlad â Hati Hwyaden a Cenwyn Ceiliog a Iona Iâr a
Cyw Bach, ac i ffwrdd â nhw i ddweud wrth y brenin bod yr awyr yn cwympo i lawr.

Ar y ffordd, fe gwrddon nhw â Gwenno Gŵydd …

'I ble rwyt ti'n mynd, Gwenno Gŵydd?' meddai Byrti Barlad.
'Dwi'n mynd i'r goedwig,' atebodd Gwenno Gŵydd.

'NA, Gwenno Gŵydd, paid â mynd i fan'na! Ro'n i'n mynd i'r goedwig pan gwrddais i â Hati Hwyaden, ac roedd Hati Hwyaden wedi cwrdd â Cenwyn Ceiliog, ac roedd Cenwyn Ceiliog wedi cwrdd â Iona Iâr, ac roedd Iona Iâr wedi cwrdd â Cyw Bach, ac roedd Cyw Bach wedi bod yn y goedwig, ac roedd yr awyr yn cwympo i lawr!

Ry'n ni'n mynd i ddweud wrth y brenin.'

Felly ymunodd Gwenno Gŵydd â Byrti Barlad a Hati Hwyaden a Cenwyn Ceiliog a Iona Iâr a Cyw Bach, ac i ffwrdd â nhw i ddweud wrth y brenin bod yr awyr yn cwympo i lawr.

Ar y ffordd, fe gwrddon nhw â Cled Clacwydd …

'I ble rwyt ti'n mynd, Cled Clacwydd?' meddai Gwenno Gŵydd.

'Dwi'n mynd i'r goedwig,' atebodd Cled Clacwydd.

'NA, Cled Clacwydd, paid â mynd i fan'na! Ro'n i'n mynd i'r goedwig pan gwrddais i â Byrti Barlad, ac roedd Byrti Barlad wedi cwrdd â Hati Hwyaden, ac roedd Hati Hwyaden wedi cwrdd â Cenwyn Ceiliog, ac roedd Cenwyn Ceiliog wedi cwrdd â Iona Iâr, ac roedd Iona Iâr wedi cwrdd â Cyw Bach, ac roedd Cyw Bach wedi bod yn y goedwig, ac roedd yr awyr yn cwympo i lawr!

Ry'n ni'n mynd i ddweud wrth y brenin.'

19

Felly ymunodd Cled Clacwydd â Gwenno Gŵydd a Byrti Barlad a Hati Hwyaden a Cenwyn Ceiliog a Iona Iâr a Cyw Bach, ac i ffwrdd â nhw i ddweud wrth y brenin bod yr awyr yn cwympo i lawr.

Ar y ffordd, fe gwrddon nhw â Twm Twrci . . .

'I ble rwyt ti'n mynd, Twm Twrci?' meddai Cled Clacwydd.

'Dwi'n mynd i'r goedwig,' atebodd Twm Twrci.

'NA, Twm Twrci, paid â mynd i fan'na! Ro'n i'n mynd i'r goedwig pan gwrddais i â Gwenno Gŵydd, ac roedd Gwenno Gŵydd wedi cwrdd â Byrti Barlad, ac roedd Byrti Barlad wedi cwrdd â Hati Hwyaden, ac roedd Hati Hwyaden wedi cwrdd â Cenwyn Ceiliog, ac roedd Cenwyn Ceiliog wedi cwrdd â Iona Iâr, ac roedd Iona Iâr wedi cwrdd â Cyw Bach, ac roedd Cyw Bach wedi bod yn y goedwig, ac roedd yr awyr yn cwympo i lawr!

Ry'n ni'n mynd i ddweud wrth y brenin.'

Felly ymunodd Twm Twrci â Cled Clacwydd a Gwenno Gŵydd a Byrti Barlad
a Hati Hwyaden a Cenwyn Ceiliog a Iona Iâr a Cyw Bach, ac i ffwrdd â nhw
i ddweud wrth y brenin bod yr awyr yn cwympo i lawr.

Ar y ffordd fe gwrddon nhw â Carwyn Cadno ...

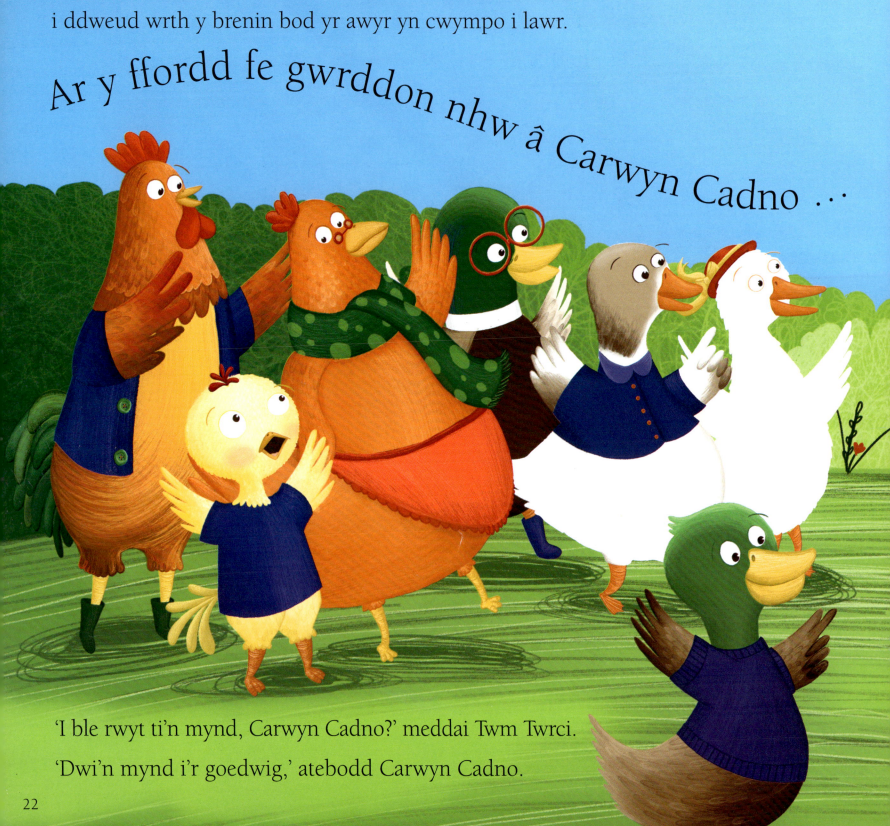

'I ble rwyt ti'n mynd, Carwyn Cadno?' meddai Twm Twrci.
'Dwi'n mynd i'r goedwig,' atebodd Carwyn Cadno.

'NA, Carwyn Cadno, paid â mynd i fan'na! Ro'n i'n mynd i'r goedwig pan gwrddais i â Cled Clacwydd, ac roedd Cled Clacwydd wedi cwrdd â Gwenno Gŵydd, ac roedd Gwenno Gŵydd wedi cwrdd â Byrti Barlad, ac roedd Byrti Barlad wedi cwrdd â Hati Hwyaden, ac roedd Hati Hwyaden wedi cwrdd â Cenwyn Ceiliog, ac roedd Cenwyn Ceiliog wedi cwrdd â Iona Iâr, ac roedd Iona Iâr wedi cwrdd â Cyw Bach, ac roedd Cyw Bach wedi bod yn y goedwig, ac roedd yr awyr yn cwympo i lawr!

Ry'n ni'n mynd i ddweud wrth y brenin.'

Un cyfrwys oedd Carwyn Cadno … ac roedd e bron â llwgu eisiau bwyd.
'Dewch gyda fi,' meddai wrth Twm Twrci a Cled Clacwydd a Gwenno Gŵydd a
Byrti Barlad a Hati Hwyaden a Cenwyn Ceiliog a Iona Iâr a Cyw Bach. 'Dwi'n gwybod
y ffordd orau i fynd i balas y brenin.'

Ond yn lle mynd â nhw i'r palas, aeth â nhw i'w ffau mewn twll o dan y ddaear! Fel roedd Carwyn Cadno ar fin eu bwyta i gyd i ginio, rhedodd cŵn y brenin heibio gan gyfarth yn uchel a'i ddychryn i ffwrdd.

Rhedodd Twm Twrci a Cled Clacwydd a Gwenno Gŵydd a
Byrti Barlad a Cenwyn Ceiliog a Iona Iâr a Cyw Bach nerth eu traed
i ddianc oddi wrth Carwyn Cadno. O'r diwedd, cyrhaeddon nhw'r goedwig.
Wrth iddyn nhw gwtsio dan gysgod yr hen dderwen fawr, chwythodd y gwynt
a chwympodd y mes ar y ddaear.

Plop! Plop! Plop!

Edrychodd Cyw Bach i fyny. 'Wel wir!' meddai.
'Dyw'r awyr ddim yn cwympo i lawr wedi'r cwbl –
dim ond mesen fach oedd wedi cwympo ar fy mhen!'

'Dyna dwpsyn ydw i,' meddai Cyw Bach, 'yn dweud wrth fy ffrindiau i gyd bod yr awyr yn cwympo i lawr!'

Ond roedd Twm Twrci a Cled Clacwydd a Gwenno Gŵydd a Byrti Barlad a Hati Hwyaden a Cenwyn Ceiliog a Iona Iâr i gyd wedi dysgu gwers bwysig y diwrnod hwnnw. Nawr, dy'n nhw ddim yn credu popeth maen nhw'n glywed – maen nhw'n meddwl drostyn nhw eu hunain.

6 As Chicken Little was walking in the woods one day, 'Plop!' an acorn fell from a tree on to his head. 'Help!' cried Chicken Little. 'The sky is falling down! I must go and tell the king.'

8 *Chicken Little raced off to find the king, and met Henny Penny … 'Where are you going, Henny Penny?' said Chicken Little. 'I'm going to the woods,' Henny Penny replied.*

9 'No, Henny Penny, don't go there!' said Chicken Little. 'The sky is falling down! I'm going to tell the king.'

10 *So Henny Penny joined Chicken Little, and off they went to tell the king that the sky was falling down. On the way they met Cocky Locky … 'Where are you going, Cocky Locky?' said Henny Penny. 'I'm going to the woods,' Cocky Locky replied.*

11 'No, Cocky Locky, don't go there! I was going to the woods when I met Chicken Little, and Chicken Little had been in the woods, and the sky was falling down! We're going to tell the king.'

12 *So Cocky Locky joined Henny Penny and Chicken Little, and off they went to tell the king that the sky was falling down. On the way they met Ducky Lucky … 'Where are you going, Ducky Lucky?' said Cocky Locky. 'I'm going to the woods,' Ducky Lucky replied.*

13 'No, Ducky Lucky, don't go there! I was going to the woods when I met Henny Penny, and Henny Penny had met Chicken Little, and Chicken Little had been in the woods, and the sky was falling down! We're going to tell the king.'

14 *So Ducky Lucky joined Cocky Locky and Henny Penny and Chicken Little, and off they went to tell the king that the sky was falling down. On the way they met Drakey Lakey … 'Where are you going, Drakey Lakey?' said Ducky Lucky. 'I'm going to the woods,' Drakey Lakey replied.*

15 'No, Drakey Lakey, don't go there! I was going to the woods when I met Cocky Locky, and Cocky Locky had met Henny Penny, and Henny Penny had met Chicken Little, and Chicken Little had been in the woods, and the sky was falling down! We're going to tell the king.'

16 *So Drakey Lakey joined Ducky Lucky and Cocky Locky and Henny Penny and Chicken Little, and off they went to tell the king that the sky was falling down. On the way they met Goosey Loosey … 'Where are you going, Goosey Loosey?' said Drakey Lakey. 'I'm going to the woods,' Goosey Loosey replied.*

17 'No, Goosey Loosey, don't go there! I was going to the woods when I met Ducky Lucky, and Ducky Lucky had met Cocky Locky, and Cocky Locky had met Henny Penny, and Henny Penny had met Chicken Little, and Chicken Little had been in the

woods, and the sky was falling down! We're going to tell the king.'

18 *So Goosey Loosey joined Drakey Lakey and Ducky Lucky and Cocky Locky and Henny Penny and Chicken Little, and off they went to tell the king that the sky was falling down. On the way they met Gander Lander … 'Where are you going, Gander Lander?' said Goosey Loosey. 'I'm going to the woods,' Gander Lander replied.*

19 'No, Gander Lander, don't go there! I was going to the woods when I met Drakey Lakey, and Drakey Lakey had met Ducky Lucky, and Ducky Lucky had met Cocky Locky, and Cocky

Locky had met Henny Penny, and Henny Penny had met Chicken Little, and Chicken Little had been in the woods, and the sky was falling down! We're going to tell the king.'

20 *So Gander Lander joined Goosey Loosey and Drakey Lakey and Ducky Lucky and Cocky Locky and Henny Penny and Chicken Little, and off they went to tell the king that the sky was falling down. On the way they met Turkey Lurkey … 'Where are you going, Turkey Lurkey?' said Gander Lander. 'I'm going to the woods,' Turkey Lurkey replied.*

21 'No, Turkey Lurkey, don't go there! I was going to the woods when I met Goosey Loosey, and Goosey

Loosey had met Drakey Lakey, and Drakey Lakey had met Ducky Lucky, and Ducky Lucky had met Cocky Locky, and Cocky Locky had met Henny Penny, and Henny Penny had met Chicken Little, and Chicken Little had been in the woods, and the sky was falling down! We're going to tell the king.'

22 *So Turkey Lurkey joined Gander Lander and Goosey Loosey and Drakey Lakey and Ducky Lucky and Cocky Locky and Henny Penny and Chicken Little, and off they went to tell the king that the sky was falling down. On the way they met Foxy Loxy …'Where are you going, Foxy Loxy?' said Turkey Lurkey. 'I'm going to the woods,' Foxy Loxy replied.*

23 'No, Foxy Loxy, don't go there! I was going to the woods when I met Gander Lander, and Gander Lander had met Goosey Loosey, and Goosey Loosey had met Drakey Lakey, and Drakey Lakey had met Ducky Lucky, and Ducky Lucky had met Cocky Locky, and Cocky Locky had met Henny Penny, and Henny Penny had met Chicken Little, and Chicken Little had been in the woods, and the sky was falling down! We're going to tell the king.'

24 *Now Foxy Loxy was a very clever and hungry fox … so he offered to show Turkey Lurkey and Gander Lander and Goosey Loosey and Drakey Lakey and Ducky Lucky and Cocky Locky and Henny Penny and Chicken Little the quickest way to the king's palace.*

25 But instead of taking them to the palace, he led them to his fox hole! Just as Foxy Loxy was about to eat them all for dinner, the king's dogs ran by barking and scared him away.

26 *Turkey Lurkey and Gander Lander and Goosey Loosey and Drakey Lakey and Ducky Lucky and Cocky Locky and Henny Penny and Chicken Little all ran as fast as they could to get away from Foxy Loxy until they finally reached the woods. As they huddled under a large oak tree, the wind blew and acorns fell to the ground, Plop! Plop! Plop!*

27 Chicken Little looked up at the sky and realised that it wasn't falling down at all and that it was only an acorn that had fallen on to his head.

28 *Chicken Little felt very silly for telling his friends that the sky was falling down. But Turkey Lurkey and Gander Lander and Goosey Loosey and Drakey Lakey and Ducky Lucky and Cocky Locky and Henny Penny all learnt an important lesson that day – they no longer believe everything they are told without thinking for themselves.*